Caravana al Norte
La larga caminata de Misael

Caravana al Norte
La larga caminata de Misael

Jorge Argueta

Ilustrado por Manuel Monroy

Groundwood Books
House of Anansi Press
Toronto Berkeley

Groundwood Books / House of Anansi Press
groundwoodbooks.com

Agradecemos el apoyo financiero otorgado a nuestro programa de publicaciones
por le gobierno de Canadá.

With the participation of the Government of Canada | Canadä
Avec la participation du gouvernement du Canada

Library and Archives Canada Cataloguing in Publication
Title: Caravana al norte : la larga caminata de Misael / Jorge Argueta ; illustrado
por Manuel Monroy.
Names: Argueta, Jorge, author. | Monroy, Manuel, illustrator.
Identifiers: Canadiana (print) 20190115491 | Canadiana (ebook) 20190115564
| ISBN 9781773063324 (hardcover) | ISBN 9781773063331 (EPUB) | ISBN
9781773063348 (Kindle)
Classification: LCC PZ73.5.A74 C37 2019 | DDC j863/.64—dc23

Ilustraciones de Manuel Monroy
Mapa de Mary Rostad
Diseño de Michael Solomon
Impreso y encuadernado en Canadá

A todos los inmigrantes de Centroamérica y
de México, ustedes son los verdaderos soñadores.
A todas las personas de buen corazón que genero-
samente los ayudan en el camino al Norte. — JA

Agradecimientos

El autor desea agradecer el apoyo de las sigui-
entes personas durante la producción de este
libro: Héctor Jiménez López, Nora Obregón,
Carolina Osorio, Alfredo Pérez, Holly Ayala, Yuyi
Morales, Manlio Argueta, Xosé A. Perozo, José
Ardón, Evelyn Arizpe, Juan Carlos y Hugo Fernando
Osorio, y Patricia Aldana.

Nosotros

Me llamo Misael Martínez.
He venido a unirme
a la caravana
que sale mañana
de la Plaza Divino Salvador
del Mundo para el Norte.
Me voy con mis
parientes.

Hemos decidido
irnos porque en mi pueblo
ya no se puede vivir.
No hay trabajo
ni oportunidades.
Lo que hay
es violencia, maras.

Hogar

Yo quiero mucho
pero mucho a mi país.
Me encanta
hacer siembras,
ver crecer el maíz
y los frijolitos.

Cuando viene mayo,
preparamos la tierra
con mi familia
y nos disponemos a sembrar.
Desherbamos, abonamos,
oramos por una buena cosecha.
Y cuando caen las primeras lluvias,
nos levantamos antes de que salga el sol.
Alegres ponemos en nuestra Madre Tierra
los mejores granos de maíz y de frijol.

Dice mi papá:
—No hay cosa más bonita
que ver cuando salen
las primeras hebras de maíz.
Eso es una chulada,
ver cómo crecen y se levantan bien verdecitas.
Cuidamos las matitas como si fueran niños.

—Sí –dice mi mamá–,
solo eso tenemos,
somos conformes.
Así vamos pasando
hasta que nos llegue el día.
Ahhhh,
pero de vez en cuando
nos comemos una gallina india,
hacemos tamales
y bien galán lo pasamos.

Pero aquí en nuestro pueblo
se ha puesto jodido, les digo.
En las escuelas
nos quieren reclutar
las pandillas.
No podemos
ir a la calle,
nos acechan.
Eso nos da miedo,
nos entristece.

—No podemos andar libres por las calles,
no podemos ir de un barrio a otro
porque aquí es de esta pandilla
o de la otra pandilla
–dice mi hermano Martín.

Nuestro amigo,
el hijo de Juan Yegua,
desapareció.
Dicen que se metió
en babosadas,
en maras, pues.

—Yo no entiendo
mucho de eso
–nos dice mi mamá–.
Lo que sé,
es que son bichos,
jóvenes como ustedes,
los que se meten a eso.
Y después se vuelven malos,
bien malos,
hasta asesinos.

Mi mamá mira
a mi hermano Martín,
después me mira a mí.
Hay lágrimas en sus ojitos.

Después sigue
diciendo:
—A mí me dan lástima
porque son bichos
de familias pobres,
son pobres que joden
a otros pobres.

—Pobres cipotes,
los cipotes
de las maras
–agrega mi mamá
llorando.

—Se van de sus casas
y ya no son hijos de nadie.
Son hijos de las maras,
las maras son su familia.
A mí me da miedo
decir esto,
aquí es la ley de ellos:
ver, oír y callar
–termina diciendo.

—Hace unos días
–agrega mi papá–,
fue el hijo de Martina.
Yo no sé la verdad,
lo que sí sé
es que llegaron
los policías y el bicho se corrió
y lo balearon.
Era un niño, apenas
iba a cumplir
dieciséis añitos.
Dicen los que lo vieron irse
que el bicho les rogaba:
"Perdónenme, perdónenme, por favor,
perdónenme", les decía.
Pobre cipote, se murió llorando
y llamando a su mamá.
A uno de tata, eso le duele.

—Tengo miedo, papá.
Tengo miedo, mamá.

—He oído, les digo,
que hay una caravana
que va a salir
de San Salvador
para los Estados Unidos.
Yo digo que nos vayamos.
—Vámonos – decimos todos.

Madre Tierra

Cuando cantan
las gualcalchillas*
canta mi corazón
y yo sé que canta
el corazón
de nuestra Madre Tierra.

* Gualcalchillas: pequeños pájaros cantarines

Plaza Divino Salvador del Mundo

Cuánta gente
y qué bonita
es la Plaza
Divino Salvador del Mundo.

Todos dicen
querer irse
por las mismas razones.
Por la violencia,
por la falta de trabajo,
por haber perdido
la esperanza.

Algunos no quisieran irse,
los llevan o los envían sus padres.
Los niños no saben adónde van,
a ellos los llevan.

Vengo de Sonsonate.
Yo de Chalatenango.
Yo soy de La Unión.
Yo de San Salvador.

—Hemos venido
a unirnos a la caravana
que sale para los Estados Unidos.
Vamos para allá, queremos trabajar
–dice un señor
de mochila verde.
La toca y dice–:
Esta va llena de esperanzas.

Un muchacho delgado y colocho[*]
dice enojado y triste:
—Yo vendo frutas en el Mercado Central,
pero de eso aquí no se vive.
Me dan pena mis padres,
ya están viejos.
Me gustaría ayudarles.
Tengo diecinueve años,
soy bachiller,
pero ya no pude continuar
mis estudios.
Quisiera estudiar y ayudar
a mis padres, por eso me voy.
Vengo a unirme a la caravana.
Aquí no se puede estudiar
ni trabajar.
En un buen día
gano 10 dólares vendiendo tomates y cebollas.
Mi corazón solo se lo pasa preguntando:
¿Qué vamos a comer hoy?

* Colocho: de cabello rizado

Una mujer abraza a su niña
y con voz temblorosa dice:
—Se me retuercen las tripas,
por eso aunque me da miedo irme
mejor me voy.
Quiero una mejor vida.

—Sí –repite otra mujer–,
nos vinimos a unir a la caravana
porque solos es peligroso
el camino hacia el Norte.
En caravana nos ayudamos
los unos a los otros.

Otros muchachos
dicen con alegría:
—Venimos de Ciudad Barrios,
la tierra del santo y profeta
Óscar Romero,
vamos para México.
De ahí no sabemos,
pero nos vamos.
Somos como
pájaros en busca
de un nuevo amanecer.

—¡¡¡Sí!!! –repiten otros en coro–.
Aquí es por demás,
por eso nosotros nos vamos todos.
En caravana es menos el peligro.
Nos vamos para el Norte
con nuestras mamás y nuestros papás
y nuestros hermanos.

En la Plaza Divino Salvador
del Mundo
mi mamá dice,
como desahogándose:
—Es demás aquí en El Salvador
no se puede,
ya intentamos.
He buscado trabajo
pero no me dan.
Estos muchachos me dan valor.
Voy a llegar
a los Estados Unidos.

—Estos muchachos
son mi vida.
Ellos van a estudiar,
tendrán lo que
yo no tuve.
Lo vamos a lograr.

—Yo quiero mucho a El Salvador
pero aquí
no se puede vivir,
no hay trabajo.
Yo no quisiera irme
pero no sé qué hacer.
Ayyy, qué angustia –dice mi papá.

—Yo también me llevo
a estos dos bichos
–dice un señor de sombrero
que vino de San Vicente–.
Yo quiero
que mis hijos
se gradúen de bachilleres
y que puedan seguir adelante
con sus estudios.
Aquí salen de bachilleres
y terminan
vendiendo agua
en los autobuses
o en los parques
o si no, sólo Dios sabe.
Noooo, yo quiero
que mis hijos
tengan sueños.
¡Y que sus sueños se cumplan!

—Yo quiero mucho a El Salvador
–dice un señor
que ora
mirando al cielo–.
Me quedé viudo
con dos niñas,
Margarita y Juana.

Yo quiero mucho a El Salvador
pero aquí
no nos quieren,
somos pobres.

De promesas
no se puede vivir.
Ayyyyy,
cómo me duele El Salvador.

Termina llorando.

Una niña que corre
feliz por la plaza dice:
—Mi papi me trae mi coche.
Dicen que es bien lejos el Norte
pero mi papi es fuerte.
Me va a ir empujando
y jugando conmigo
y con el Norte también.

Otra niña dice:
—Mi mami besa mi frente,
mi mami me hace reír,
mi mami me canta,
mi mami me da de cenar una rica pupusa,[*]
mi mami me abriga en sus brazos.

* Pupusa: es la comida nacional de El Salvador, una pequeña torta de maíz
rellena de frijoles, queso o carne

Aquí en la Plaza
Divino Salvador del Mundo
dormimos apuñados.
El zacate* es bien verdecito,
como las alas de mi periquito.

* Zacate: pasto

Una niña trae una muñeca,
alegre dice:
—A mi muñeca Josefina y a mí
nos gusta dormir viendo las estrellas
en los brazos de mi mami.

Nos vamos

Antes de que amanezca
nos vamos caminando,
nos vamos en autobús,
nos vamos en camión.
Nos vamos.

Divino Salvador del Mundo,
Santo de todos los salvadoreños,
ayúdanos en el camino, guíanos.
Sácanos de aquí, haznos el milagro.
Llévanos de aquí, aunque me duela.
Ayúdanos a llegar lejos,
muy lejos de El Salvador.

Ya nos vamos,
ve a saber cuándo vamos
a volver.
Veo a mi alrededor,
veo el volcán de San Salvador,
la ciudad y sus edificios.
El Divino Salvador del Mundo
me va a hacer mucha falta
y también El Salvador,
más ahora que ya viene la Navidad.

Lo que más voy ha extrañar de El Salvador
son las minutas.[*]
Pienso en los mangos
y los marañones.
Ahhhhh, y también en los jocotes,[†]
¡qué ricos son!

[*] Minutas: conos de hielo raspado con jaleas de diferentes sabores
[†] Jocotes: deliciosa fruta tropical cuyo nombre deriva del Náhuat, Shúgut

Ya son las cinco de la mañana,
ya nos vamos.
Es mejor caminar de madrugada,
hace menos calor.

Yo veo a mi alrededor
y el cielo aún está un poco oscuro.
Somos cientos.
Algunos lloran,
otros ríen nerviosamente.
Rezan, cantan y dicen:
"¡Vamos a llegar!"
Suspiro, tiemblo,
no sé si de alegría,
de frío o de miedo.

Vamos caminando.
El sol de El Salvador me calienta,
me gusta sentir el sol.
Está un poco pesada mi mochila.
Pienso en lo lejos
que está el Norte,
apenas vamos a llegar a Santa Ana.
Yo estoy cansado,
es grande El Salvador.
¿Cómo será Guatemala?
¿Y México?
Y ni se diga el Norte.

A veces solo se escuchan los pasos
de los que caminan,
tran tran tran tran,
como si marcháramos
o como si fuéramos
caballos.

Las calles son un largo, largo camino negro.
Vamos rumbo a la frontera de Guatemala,
estoy cansado pero alegre.
El asfalto está caliente.
Nos falta mucho
para llegar al Norte.

Soñando despierto

Cuando llegue voy a tener un apartamento
con agua potable.
Me voy a bañar con agua tibia
y voy a tener lavadora.

—Yo solo quiero trabajar
y mandarle dinero a mi mamá.
Ya está bien vieja y no tiene pensión
–dice un muchacho
que camina a mi lado.

—Yo me voy a poner a estudiar.
A lo mejor puedo ser abogado
o maestro o doctor.
Bueno, con llegar me conformo.
Ya vamos a ver –dice otro.

Caravana

—Ojalá me aguanten
mis zapatos –dice una señora
y se pone a reír.

Unos se han montado en autobuses
para avanzar,
otros prefieren guardar
el poco dinero que llevan.
En el camino hay que comer.

Yo vendí mi computadora
y mi celular,
me los compró Matilde.
Ella dice que ni loca
se va de El Salvador.

Ahora que vamos
en esta caravana,
quisiera tener mi celular
para tomar fotos.
Yo nunca había salido
de mi pueblo.
Es bonito El Salvador.
Qué lástima
que nos tengamos
que ir.

Estamos cruzando la frontera.
—Ese río se llama Paz
–me dice mi papá.
Yo veo el agua que corre
silenciosa y despacito.
Quiero volver atrás,
regresar a El Salvador.
Mi papá mira hacia adelante,
me dice con tono alegre:
—Para allá
queda Guatemala,
después México
y más adelante,
los Estados Unidos
donde vamos a vivir.

Suspiro y miro al cielo.
Pienso en la Navidad
que ya viene
y en todas las mamás
que llegaron a despedirse.
Se quedaron llorando
solitas en la Plaza Divino Salvador
del Mundo.
Las que no pudieron venir
enviaron a sus hijos.

Unos hombres
y unas mujeres de la caravana
dicen que se van a ir
hacia un pueblo
que se llama Arriaga.
Dicen que por ahí
pasa un tren,
se llama La Bestia.
Me da un poco de nervios
pero no importa.
Si nos vamos,
nos vamos como sea.

Estamos en Chiquimulilla
con sus calles empedradas.
La gente nos mira caminar
y nos saludan con sonrisas
y levantando la mano.
Hay mujeres y hombres
vestidos de colores.
Qué bonitos se ven,
parecen pájaros.

Aquí nos regalan agua y comida.
Lo más sabroso son las sonrisas
de la gente.
Yo llevo mi escapulario
y un puño de valor en mi corazón.
Nada nos detiene.

Aquí dormiremos hoy
y mañana, otra vez,
vamos a continuar temprano.
Estoy cansado,
escucho voces.
Mencionan nombres
de pueblos y ciudades
que desconozco:
Zacapa,
Tecún Umán,
Tapachula,
Mapastepec,
Querétaro,
Irapuato.

Yo quisiera escuchar
el nombre de mi amigo
allá en mi pueblo El Salvador.

Por más de una semana
hemos caminado,
hemos viajado en camiones
y autobuses.
Hemos dormido en parques,
en la calle y en albergues.
En algunos lugares
nos reciben alegres y nos ayudan,
en otros nos rechazan.
Yo no sé dónde está el Norte,
parece que lo jalan o lo esconden.
No me importa ya.
A veces,
quisiera cerrar mis ojos
y estar en el patio de mi casa.

En caravana
hemos caminado
no sé cuántos kilómetros,
algunos dicen que son miles.
En caravana hemos llorado,
en caravana hemos cantado.

Qué frío es el frío.
La ciudad de México
está bien helada.
Pero qué bonitos
sus edificios
y qué ricos
son los tacos.
Los que más me gustan
son los tacos de carnitas.

Camino y recuerdo

¿Cómo estará mi casa?
¿Las paredes,
las ventanas,
las sombras,
los árboles,
todo lo que
ya no tengo
pero que ha hecho nido
en mi corazón
y canta torogoz, torogoz
torogoz, torogoz.[*]

—¡Cuidado con los halcones!*
–dice un señor.
Yo busco en el cielo,
quiero verlos volar.
Solo veo hilos
de lluvia
cayendo
desde lo más alto del cielo.

* Halcones: aquí se refiere a explotadores de inmigrantes

Estoy alegre
en México.
Un señor del albergue
cuenta cuentos.
A mí me gusta
y me alegra
el cuento
del viento:
nada ni nadie
lo detiene,
nadie puede verlo.
Solo se le escucha
Zuuummmm reír,
Zummmmm cantar,
Zuummm, zuuummm.

Otro señor,
a quien de cariño
llamamos
El Carnal,
nos ha hecho pupusas.
—¡Ya están listas las pupusas!
–nos dice.
Se para en una silla
del albergue
y uniendo sus manos
como si fueran un micrófono
canta en voz alta–:
¡Vaya, las pupusas!
¡Pupusas revueltas de sueños,
pupusas revueltas de arcoíris,
pupusas revueltas de cantos,
pupusas revueltas de amor!

Ummm, las pupusas
están un poco cuadradas
¡pero deliciosas!

Sigue lloviendo.
En el patio del albergue
veo caer la lluvia.
En cada gota
veo a mis amigos,
a mis parientes,
las calles de mi pueblo.
La lluvia
me hace tiritar.
Suspiro y me cobijo
al lado de mi mamá
y mi papá,
y de mi hermano Martín.

Dentro de algunos días
nos vamos
para Tijuana.
De aquí ya no
está tan lejos.
—Yo ahí me quedo
–dice una señora
de Guatemala–.
Dicen que ahí hay trabajo,
que hay playas hermosas,
que se habla inglés,
que si uno decide seguir
hasta el propio Norte,
de Tijuana está a un solo paso.
Eso me gusta, ya estoy cansada
y mis hijos también.

De repente llegó la Navidad

Nos agarró la Navidad
en el albergue.
Ni cuenta me daba
que ya es Navidad.
Extraño la reventazón
de los cohetes,
los abrazos, mmm,
la gallina guisada
y las posadas.

Andar en caravana
me recuerda a las posadas
y a aquella canción que dice:
"En el nombre del cielo
Os pido posada…"
Aquí todos andamos
pidiendo posada.

Unas mujeres
han venido del albergue.
Nos han hecho pavo,
traen libros y nos leen
cuentos y poemas.
También nos traen piñatas
y dulces y pequeños regalos.
Todos estamos felices
con las piñatas.
Son rojas, azules, amarillas
con flecos verdes.
Me recuerdan a los de las pizcuchas[*]
que volábamos en mi pueblo.

* Pizcuchas: así llaman a los barriletes, o a las cometas, en El Salvador

Las voces del albergue
suben y bajan.
A veces me da tristeza.
La tristeza,
ahora lo sé, la tristeza
es como no ver ni escuchar.
Parece que todo se detiene,
hasta el mismo aire, el Norte,
y se te sale el corazón
de suspiro en suspiro.
Mejor canto
y sigo soñando.

Ya casi llegamos

Mañana nos vamos para Tijuana.
Vendrán unos autobuses
y camiones para llevarnos
a Tijuana.
—¡Tijuana, tierra de nadie!
–grita don Agustino.
—¿Qué quiere decir eso?
–le pregunto.
—Es que Tijuana
es como un puente,
ahí hay gente de todo el mundo.
Es como un puerto,
es como un aeropuerto,
hasta los propios de Tijuana
hablan inglés.
—Ahhh! –le digo sin entender.
Miro al cielo,
sigue lloviendo helado.

En el camino
a Tijuana
pasamos por Querétaro.
—Qué bonito,
es de colores y de piedra
–dice mi mama–.
¿Y aquí no nos podemos quedar?
Parece que hay mucha paz,
¿habrá también trabajo?
–pregunta suspirando
por la ventana del autobús.

Yo me entretengo
mirando pasar los autos
y los autobuses.
El viento silba
y la lluvia
no se detiene.
Qué lejos
está Tijuana,
parece que está
tan lejos como
El Salvador.

En el camión
algunos vamos callados.
Quizás van rezando,
quizás van cansados,
quizás tienen miedo.

Me da un poco de risa
el nombre de Tijuana,
quizás es de puro nervios.
Suena como "Tía Juana".

En mi casa ya no hay
quien me espere.
Aquí estamos todos:
mi papá, mi mamá
y mi hermano.

Pienso en lo bonito,
en las dulces señoras,
las Santas María patronas,*
las patronas
hechas todas
de corazón y de bondad.
Y se me quita la soledad.

* Patronas: mujeres campesinas de la comunidad de Guadalupe (La
  Patrona), municipio de Amatlán de los Reyes, Veracruz. Por más de 20
  años les han dado comida y agua a los inmigrantes que viajan en el tren
  La Bestia, conocido también como el Tren de la Muerte.

En el autobús
un señor mexicano
comienza a cantar:
"Ya vine de donde andaba…"
Todos conocemos
la canción
y cantamos:
"Se me concedió volver…"
El autobús se llama
El Ausente,
como la canción
de José Alfredo Jiménez.

Me quedé dormido,
no sé cuánto
tiempo ha transcurrido.
Un señor hondureño,
Don Miguel,
repite con gran entusiasmo:
—¡¡¡Tijuana, Tijuana, Tijuana!!!

El autobús
se detiene.
El motorista
dice:
—Servidos señores,
llegamos a Tijuana.

Tijuana

Ufff,
por fin llegamos a Tijuana.
Está llena de luces.
Son hermosas las luces,
son como estrellas.
¡Y cuántos edificios!

Pero qué frío está haciendo
aquí también,
y cómo llueve.
Primero nos trajeron a un albergue
pero se metió el agua
y se llenó todo de lodo.
Me recuerda a los chaparrones
de El Salvador,
solo que allá
la lluvia cae caliente.

Los niños se acurrucan
como pollitos en los brazos
de sus mamás.
Tienen frío y tosen.

Nos vamos a ir a otro albergue,
nos dicen las autoridades mexicanas.
Yo quisiera irme a mi casa,
estoy cansado.

Dicen que en los Estados Unidos
es más frío el frío.
¿Pero qué importa?
Ya aguanté y pasé lo peor.
Voy a seguir,
vamos a seguir,
vamos a llegar al Norte,
esté donde esté.

En el albergue
unos señores y unas señoras mexicanas
nos han traído
papel higiénico, pañales para los niños
y otras provisiones.
Esta noche hemos comido bien rico,
frijolitos, huevos, tortilla y pan.
Estaba todo calientito.

Esta noche dormiré tranquilo.
Ya de aquí nos falta
muy poco para llegar al Norte.
Además, en este nuevo albergue
no hace tanto frío, ni hay tanto lodo.

De pronto se escuchan gritos,
gritos con llanto,
y un fuerte olor a pimienta
nos ha despertado.
—¡¿Qué pasa?! ¡¿Qué pasa?!
–pregunta mi hermano Martín.

—¡¡Hay chile en el aire,
en el aire!!
–sigue diciendo desesperadamente–.
¡¿Qué hacemos?!
¡¿Qué hacemos?!

—¡¡Cierren los ojos!!
¡¡Cierren los ojos!!
–se escuchan gritos
desesperados
de hombres y mujeres.

Los niños lloran y tosen.
El humo es una nube negra,
cubre todo el albergue.
Nos cubrimos con nuestra ropa,
nos echamos agua.
Tenemos frío.
El agua está helada pero ayuda.

Poco a poco vuelve la calma.
Solo se escuchan rumores
y suspiros. Nadie sabe
quién fue,
solo se sabe que fueron
gases lacrimógenos.

—Es como si estuviéramos en guerra
–dice una señora de San Salvador–.
Yo viví la guerra de los ochenta
y así atacaba la guardia
a las manifestaciones de los estudiantes.
Qué feo y qué triste.
No somos criminales, somos inmigrates.
Solo queremos llegar al Norte,
queremos trabajar.

La gente reza
y abraza a sus niños.
Qué feo y qué triste,
digo repitiendo
lo que dijo la señora.
En nuestros países
somos perseguidos.
En el Norte, no nos quieren.
¿Qué vamos hacer?
¿Adónde vamos a ir?
Ahhh, me voy
quedando dormido,
rezando y mirando
la lluvia caer.

A cruzar el muro

—Al amanecer nos vamos,
vamos a cruzar
la frontera.
Vamos de una vez
por todas a llegar al Norte
–dicen firmemente
mi mamá y mi papá.

Así pensamos todos
los de la caravana.
Todos quieren llegar al Norte,
todos están cansados,
todos quieren ir al muro y cruzar.

Un muchacho hondureño
dice en voz alta,
motivando a toda la caravana:
—¡¡¡Mañana cruzamos el muro!!!
¡¡¡Mañana llegamos al Norte!!!
—¡¡¡Sííí!!! –repite emocionada
la voz de la caravana.

La noche se va quedando callada,
solo el viento sopla.
Y cuando la lluvia se calma,
se escuchan algunos ronquidos
o los cuchicheos de los inmigrantes.

La mañana llega rapidito,
ya la estamos esperando.
Todos estamos ansiosos
y de pie,
todos queremos irnos.
—¡¡¡Vamos al Norte!!!
–se escucha una voz.
Y todos repiten:
—¡¡¡Vamos!!!

Otra vez estamos marchando.
Vamos hacia la frontera,
hacia el muro.
Ya no me aguanto
por llegar al Norte,
ya quiero que pase todo esto.

Se siente como si estuviéramos
rodeados de culebras venenosas.
Hay mucha gente
que grita consignas
en contra de nosotros.

Dicen que somos criminales,
que somos traficantes.
Dicen que somos gente mala.
Estoy confundido.
Me da miedo.
Me erizo.

En la distancia veo el muro.
Es alto y tiene alambres,
tiene barrotes.
Parece una enorme cárcel.
Uyyyy, digo.

La gente sigue gritando.
Unos dicen que en Tijuana
no nos quieren.
Otros dicen
que nos dan trabajo.
Yo no entiendo,
solo tengo miedo.

Estoy frente al muro.
Hay gente que se sube a él
y lo está cruzando.
Hay camiones de inmigración,
policías con chalecos
y soldados por todos lados.
Tengo miedo, mucho miedo.

Nos tiran gas lacrimógeno.
La gente corre por todos lados.
Se escuchan gritos
y lamentos.

Mi mamá me toma
de la mano y me abraza.
Mi papa abraza a mi hermano Martín.
—¡¡¡Corramos, corramos!!!
–dice mi mamá.

Todo el mundo está corriendo.
Algunos lloran por el gas,
otros lloran de tristeza.
Por fin nos hemos
alejado.
Estamos cerca del mar.

Veo las olas estrellarse
y entrar al Norte,
sin que nadie
les diga nada.
Las olas, como el Norte, el viento,
pueden ir a donde quieran.
¿Quién fuera una ola?
Si acaso yo fuera el Norte, el viento.
Si acaso todos los inmigrantes
fuéramos como el Norte,
como el viento,
como las olas…

Al volver del muro
estoy cansado.
Algunos vienen llorando
o callados.
Todos están cansados.

Soñé

Me quedé dormido y soñé.
Soñé que volaba,
soñé que era canción,
soñé que era mariposa,
soñé que era pez
y también ola.
Soñé el sueño
más dulce:
en vez de llegar al Norte
llegué a El Salvador.

Palabras del autor

El 30 de octubre del 2018, escuché que una caravana de compatriotas salvadoreños se estaba formando para salir al día siguiente de la Plaza Divino Salvador del Mundo hacia los Estados Unidos. Hace más de 35 años, yo había hecho lo mismo. Mi corazón de refugiado e inmigrante comprendía lo que estaban haciendo. Esa noche visité la plaza para compartir con ellos una taza de café, un pedazo de pan dulce, una palabra de aliento… Los cientos de salvadoreños que habían llegado estaban dispuestos a emprender la larga y peligrosa caminata de más de 4.000 kilómetros (2.500 millas) hacia la frontera de Tijuana con los Estados Unidos. Estaban dispuestos a arriesgar sus vidas y las de sus hijos.

"Preferimos morirnos en el intento a que nos maten aquí de hambre o que nos maten las pandillas", dijo una señora. La mayoría eran personas del campo. Quienes llevaban equipaje, sólo tenían una pequeña mochila, un suéter o una chaqueta y la ilusión de que llegarían a los Estados Unidos –al Norte–, y que, al llegar, las razones por las que huían de El Salvador serían escuchadas y suficientes para poder permanecer como refugiados y rehacer sus vidas. Los inmigrantes llevaban la esperanza de encontrar en el camino personas generosas. Afortunadamente así fue. En México y Guatemala, el pueblo les brindó albergue y apoyo humanitario para que pudieran seguir su larga caminata al Norte.

Me pregunto qué estarán haciendo Misael Martínez, su familia y los miles de inmigrantes centroamericanos en Tijuana. Pese a las grandes adversidades para ingresar a los Estados Unidos, algunos habrán seguido adelante. Algunos habrán encontrado trabajo mientras esperan que sus casos de asilados se resuelvan. Otros estarán cansados de la incertidumbre y no sabrán qué hacer: si seguir esperando en Tijuana, para algún día llegar al Norte, o si regresar a sus países. Me pregunto qué pensará hacer Misael…

He escrito este texto con el afán de compartir la voz de esperanza, de angustia, de los miles de inmigrantes centroamericanos que abandonan nuestros países por la violencia y por la falta de oportunidades. Entre ellos, vi a gente trabajadora, humilde, desesperada y cansada de sufrir.

Jorge Argueta

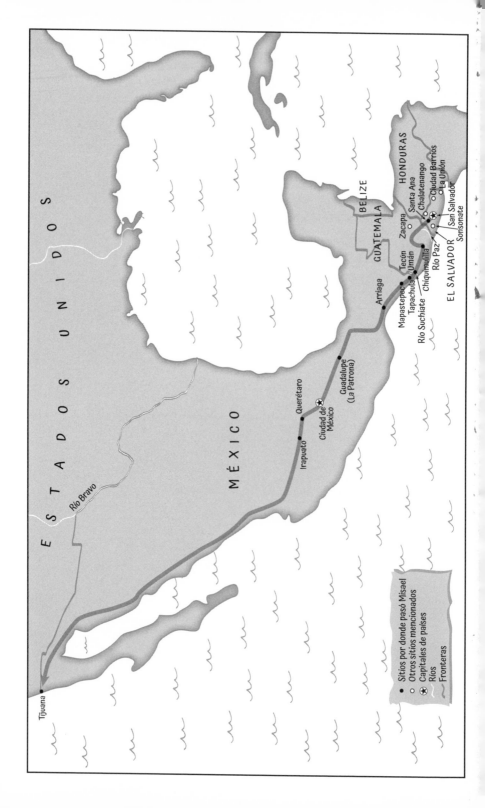